LE BAL A LA MODE,

A PROPOS ÉPISODIQUE,

EN UN ACTE ET EN PROSE,

Représenté, pour la première fois, à Paris, sur le Théâtre royal de l'Odéon, le 7 Février 1817.

PRIX : 1 FR. 25 CENT.

A PARIS,

CHEZ Mlle. HUET-MASSON, Libraire, rue Saint-Honoré, n°. 204, maison du Bureau de Tabac de la Civette, Place du Palais-Royal, au 2me., vis-à-vis le Café de la Régence.

1818.

Un Bal où l'on ne danse point, une réunion de Français où l'on parle allemand et anglais, une salle à manger transformée en salon de creps, des employés des jeux publics venant tenir la banque chez un grand seigneur, voilà ce qui paraît incroyable, voilà ce que tout le monde a vu en 1818, et ce qu'on verra peut-être en 1819.

De pareils ridicules auraient pu donner lieu à une comédie de caractère; cette petite Pièce, faite en deux jours, apprise et répétée en six, n'est qu'une légère esquisse du tableau qui reste à faire. On a évité toutes personnalités; quelques carricatures paraîtront peut-être trop chargées :

Le vrai peut quelquefois n'être pas vraisemblable !!!

PERSONNAGES.	ACTEURS.
M. DE GERVILLE, jeune Homme de Province. , . :	M. *Pélissier.*
Mᵐᵉ. DE GERVILLE, sa Femme.	Mˡˡᵉ. *Fleury.*
Le Baron DE VERNEUIL, leur Oncle.	M. *Chazel.*
FIERVAL, jeune Homme à la Mode de Paris.	M. *Thénard.*
La Marquise d'ERCOURT, Femme du grand Monde.	Mˡˡᵉ. *Adèle.*
M. JOSEPH, Valet-de-Chambre. . .	M. *Armand.*
Mˡˡᵉ. HONORINE, Femme-de-Chambre.	Mᵐᵉ. *Miler.*
LAURENT, Laquais.	M. *Ozanne.*
PASCAL, *idem.*	M. . . . .
UN BANQUIER DE JEU. . . .	M. *Edouard.*
DEUX TAILLEURS DE JEU, Personnages muets.	
UN PREMIER VIOLON DE BAL. . .	M. *Walville.*
UN SECOND VIOLON, Personnage muet.	
UN PETIT GARÇON jouant du flageolet.	
UN ALLEMAND.	M. *Duparrai.*
UN RUSSE.	M. *Charles.*
UN ANGLAIS., ...	M. *Ménétrier.*
UN FRANÇAIS, Joueur.	M. *Lebarne.*
Hᴏᴍᴍᴇs ᴇᴛ Fᴇᴍᴍᴇs invités à la Fête.	

La Scène se passe en 1818, chez un grand Seigneur.

LE BAL A LA MODE.

Le Théâtre représente un petit Salon. A la Scène XIII, toutes les Portes s'ouvrent, et laissent apercevoir un riche Salon, bien éclairé, donnant sur une Salle de Bal.

SCENE PREMIERE.

Au lever du rideau, mademoiselle HONORINE, femme de chambre, est assise sur un fauteuil, tenant un journal. M. JOSEPH, valet de chambre, s'appuie nonchalamment sur le dos de son fauteuil, en causant avec elle. PASCAL et LAURENT jouent à la mouche dans un coin du salon.

PASCAL, *jouant.*

Atout.

Mlle. HONORINE, *à M. Joseph.*

Il faut avouer que madame est bien injuste...

M. JOSEPH.

Et monsieur donc!... Sa conduite a-t-elle le sens commun?

LAURENT.

As !

Mlle. HONORINE.

Oser gronder... une femme de chambre !

M. JOSEPH.

Traiter un valet de chambre coëffeur... comme un laquais!

Mlle. HONORINE.

C'est une horreur !

M. JOSEPH.

Un monsieur de Germancy qui s'avise d'avoir aussi peu d'égards pour un homme tel que moi... lorsqu'il se laisse mener par sa femme.

Mlle. HONORINE.

Nous sommes bien bons de servir de pareils gens... et je vous assure que si ce n'étaient les petits profits....... il y aurait long-temps...

M. JOSEPH.

C'est comme moi... encore un ou deux ans, je me retire ; et morbleu, que je devienne maître.... mes domestiques me le paieront !... Que dit le journal ?

Mlle. HONORINE, *d'un air capable.*

Il n'y a pas beaucoup de nouvelles aujourd'hui.

M. JOSEPH.

Voyons un peu ce qu'on a discuté à la Chambre ?

PASCAL, *jouant.*

Lanturlu.... j'ai gagné !

M. JOSEPH, *regardant les laquais.*

Ces gens font un tapage...

Mlle. HONORINE, *à M. Joseph.*

Comment trouvez-vous les airs qu'ils se donnent ?.. venir jouer dans notre salon....

LAURENT, *de mauvaise humeur.*

Ma revanche.

M. JOSEPH, *d'un ton dédaigneux.*

Messieurs, ne pourriez vous pas rester à l'antichambre ?

PASCAL.

Nous sommes venus ici pour être plutôt prêts si l'on a besoin de nous.

(*On entend sonner de l'appartement*).

LAURENT, *jouant.*

Trois dix.

Mlle. HONORINE.

N'entendez-vous pas que madame a sonné ?

PASCAL.

Elle peut bien attendre que j'aie fini ma partie.

(*On resonne*).

Mlle. HONORINE.

Allez donc ; elle s'impatiente.

LAURENT.

Ce n'est pas à moi à marcher.

PASCAL.

Comment, ce n'est pas à toi ? j'étais de service hier.

LAURENT

Je suis de suite aujourd'hui, je ne réponds pas à la sonnette.

PASCAL.

Ni moi.

LAURENT.

Ni moi.

(*La sonnette va toujours. Personne ne bouge*).

M. JOSEPH.

Qu'est-ce à dire ? il faudra peut-être que moi.... je me dérange.   (*On sonne plus fort*).

PASCAL, *se levant en colère.*

J'y vais... mais ce n'est pas mon tour... Tu me le paieras !
(*A Joseph, d'un air respectueux.*) Monsieur Joseph, voulez-
vous me faire l'honneur de tenir mon jeu ?...

M. JOSEPH, *avec dignité.*

Pour qui me prenez-vous ?... appelez le cocher.
                    (*La sonnette redouble*).

PASCAL, *jetant son jeu sur la table.*

Au diable la sonnette... On y va... on y va.
                    (*Il sort*).

SCÈNE II.

Les mêmes, excepté PASCAL.

Mlle. HONORINE.

Il faut avouer que nos maîtres sont bien heureux de nous
avoir tous les deux.... c'est à nous seuls qu'ils doivent d'être
bien servis.

M. JOSEPH.

A propos, il faut que je m'assure si tout est en règle pour
la fête de ce soir... (*A Laurent.*) A-t-on tout rangé dans la
salle de bal ?

LAURENT, *brusquement.*

Çà ne me regarde pas... je ne me mêle que du couvert.

M. JOSEPH, *nonchalamment.*

Vous verrez qu'il faudra que j'aille moi-même. C'est le seul moyen... Pour que tout soit bien dans une maison, il n'y a que le coup-d'œil du maître... Il faut ici que je me donne une peine.... Nous recevons des ducs, des banquiers... des militaires, des étrangers.... la noblesse, la finance.... tout Paris enfin.   (*On entend un bruit de voiture*).

Une voiture... qui vient à cette heure?.... Eh! mon Dieu!.... des personnes en grande toilette de bal.

Mlle. HONORINE.

A huit heures du soir !... D'où sortent-ils? Ils arrivent donc des départemens ou de l'île Saint-Louis.

M. JOSEPH, *sortant avec Honorine, en riant.*

Comme ils sont exacts !... Ils prennet notre hôtel pour une maison du Marais.

SCENE III.

Un domestique, M. et madame de GERVILLE.

Madame de GERVILLE *est en grande toilette de bal, très-élégante.* GERVILLE *est en habit noir à la mode, gilet noir, pantalon cullant de casimir noir, avec trois boutons en bas, sur les côtés, bas de soie noire à jour, etc. Ils sont bien tous les deux ; mais ils ont l'air un peu embarrassés.*

Mme. DE GERVILLE.

Mais il n'y a personne... Mon ami, nous sommes arrivés trop tôt.... Je vous le disais bien... Il était fort inutile de me presser : ainsi à peine ai-je eu le temps de regarder l'effet de ma robe.   (*Elle se regarde*).

GERVILLE.

L'effet en est sûr.... Vous êtes charmante.... Convenez que nous sommes bien heureux : unis depuis un mois, jouissant du bonheur le plus parfait, riches, considérés; vivant l'été dans nos terres, l'hiver à Vendôme, nous n'éprouvions qu'un seul désir, celui de connaître Paris, de voir ce centre du bon goût, de la bonne compagnie, d'y jouir des plaisirs qu'on y rassemble...... Ne voulant pas quitter notre digne oncle, le baron de Verneuil, nous craignions de ne pouvoir de long-temps satisfaire ce désir... Tout à coup le baron, qui, depuis vingt ans, n'est sorti de son château, cède à notre première demande, consent même à nous accompagner.......

Mme. DE GERVILLE

Et en arrivant, nous recevons une invitation de bal.

GERVILLE.

Dans la maison la plus brillante de Paris...... En descendant de voiture, la première personne que je rencontre, c'est le chevalier de Fierval, mon ami d'enfance, qui depuis long temps a quitté notre province pour s'établir à Paris, chez M. de Germancy......... Il me reconnaît, se promet de s'occuper de nos plaisirs; et deux heures après, nous sommes priés pour une fête superbe.

Mme. DE GERVILLE

Je m'en fais d'avance un plaisir.... Les jeunes gens de Paris, ont, dit-on, tant de grâces... Ils se présentent si bien... Je suis sûre qu'ils dansent à merveille.

GERVILLE.

Vous voilà déjà formant le projet de plaire...

Mme. DE GERVILLE.

Mais n'avez-vous pas aussi votre petite dose d'amour propre.... J'aime qu'on me trouve jolie... Mais vous, de votre côté, ne cherchez-vous pas sans cesse à faire briller votre esprit?.. Vous faites des vers, que dans notre ville on trouve charmans; vous causez à merveille : et quand vous parlez, tout le monde vous écoute. Vous passez enfin, avec raison, pour le jeune homme le plus aimable de Vendôme; et je suis sûre que vous allez faire votre possible pour que l'on ait de vous la même opinion à Paris.

GERVILLE.

Je l'avoue franchement, je suis un peu parleur : Fierval m'a dit que M. de Germancy recevait la meilleure compagnie de France; sans doute les gens les plus aimables, les plus éclairés : je brûle de converser avec eux. (*En plaisantant*). J'ai en moi des facultés qui ne pouvaient se développer en province.... J'ai besoin, entre nous soit dit, d'un plus grand théâtre que le.... Vendômois.

Mme. DE GERVILLE.

J'aime les spectacles; les bals, les fêtes.... Ici nous en aurons chaque jour.

GERVILLE.

J'ai la passion des lettres et des arts.... Paris en est le centre....: Nous devrions décider notre oncle à s'y fixer....

Mme. DE GERVILLE.

Je ne demande pas mieux !

GERVILLE.

Une petite ville, c'est si monotone.

Mme. DE GERVILLE.

Convenez cependant que vous ne trouviez pas cela l'hiver dernier ?

GERVILLE.

L'hiver dernier.... c'est différent.... Nous avions des craintes pour notre mariage..... j'étais agité..... amoureux,..... comme un fou.

Mme. DE GERVILLE, *avec reproche.*

Comment ? ne le seriez-vous plus ?

GERVILLE.

Voilà bien les femmes.... Ne voulant pas comprendre ce qu'on dit, pour avoir sujet de faire une querelle.

Mme. DE GERVILLE.

Charles ! je redoute vos prétentions à l'esprit.

GERVILLE, *piqué.*

Amélie, je crains votre coquetterie ?

Mme. DE GERVILLE.

Ici vous serez écouté.... remarqué.....

GERVILLE.

On va vous faire mille complimens.

Mme. DE GERVILLE.

Je vous vois avec peine désirer ces jouissances de vanité.

GERVILLE, *fâché.*

Et moi, je n'aime pas cet amour de plaisirs qui n'a perdu que trop de femmes.

Mme. DE GERVILLE, *fâchée.*

Ah ! de la morale ! vous prenez bien votre temps.

GERVILLE.

Pour avoir de l'humeur ; vous prenez bien le vôtre.... (*Ils se boudent*).

SCENE IV.

LES MEMES, LE BARON.

LE BARON.

Ah! vous voici.... mes enfans. Je n'ai pu arriver plutôt...
mais il me semble que nous sommes à temps. Ma nièce est
jolie comme les amours.... Toi, tu es fort bien aussi..... un
peu guindé .... mais c'est la mode. — Quel plaisir vous allez
avoir.... vous ne m'avez parlé que de cela depuis ce matin...
Eh bien! répondez donc ?.... Qu'avez vous ?..... vous ne dites
rien ?....

GERVILLE.

C'est madame qui, je ne sais pourquoi, prend de travers
tout ce que je dis.

Mme. DE GERVILLE.

C'est monsieur qui blâme mes goûts, et me querelle pour
rien.

LE BARON.

Enfants que vous êtes! comment, déjà en dispute, dès le
second jour de votre arrivée à Paris... nous y voilà... Sachez
vous y plaire, y être gais, et me récompenser au moins de
vous avoir sacrifié mes habitudes.... et la plus belle chasse!
— Ah! mes amis! à combien de chevreuils n'avez-vous pas
sauvé la vie ?

Mme. DE GERVILLE, *tendrement.*

Charles, êtes-vous encore fâché ?

GERVILLE.

Non, ma chère Amélie. (*Il lui baise la main*). Oublions
notre petite querelle, et ne songeons qu'à nos plaisirs.... Mon
oncle, j'espère bien aussi que vous vous amuserez ce soir!

LE BARON.

Je ne demande pas mieux.... Ma nièce, tu danseras.... tu
fixeras tous les yeux.... Toi, tu feras les grandes conversa-
tions.... tu parleras littérature..... poésie..... peinture..... que
sais-je ? Enfin, tu feras honneur à notre département.

GERVILLE, *d'un air content de lui.*

Il est vrai que j'ai acquis quelques connaissances.

LE BARON.

Pour moi, qui ne suis pas si savant.... je ferai un reversis avec quelques douairières, et je tâcherai de ne pas les prendre trop vieilles.... mais un plaisir que je me réserve, c'est celui du souper.... le luxe de la table est, dit-on, monté au plus haut point...... et je me connais assez en bonne chère pour juger de l'ordonnance d'un grand repas.... Vive les soupers!.... c'était l'usage de nos pères, on y était gai de mon temps; et j'espère que celui-ci me rappellera les plaisirs de ma jeunesse. Je suis en bonne disposition... pour y faire honneur. J'ai dîné à trois heures comme dans le Vendômois... et je vous dirai, même en confidence, que je me suis ménagé...

SCENE V.

LES MEMES, FIERVAL, *en redingotte à l'anglaise, pantalon large par dessus les bottes, grands éperons, cravache à la main.*

FIERVAL, *entrant.*

Du monde ici! (*s'approchant.*) Comment, mes amis, c'est vous!.. et que venez-vous donc faire ?

GERVILLE, *étonné.*

Ce que nous venons faire ?.. mais nous rendre au bal où tu nous as fait inviter.

FIERVAL, *riant.*

A neuf heures!.. Oh! la bonne folie! Voilà ce qui s'appelle, mon cher, de l'exactitude provinciale..... Pardon de l'expression.

GERVILLE, *montrant son billet d'invitation.*

Cependant..... voici mon billet...« On se réunira à huit » heures précises : il y aura un violon. »

FIERVAL, *riant.*

Et tu prends cela à la lettre ?.. C'est à onze heures, onze heures et demie, minuit, qu'un homme comme il faut se rend au bal. Moi, qui loge dans la maison, je n'arrive jamais avant... Tel que tu me vois, je rentre maintenant. C'était mon jour de visites; je les ai faites dans mon tirliberli.

GERVILLE, *étonné.*

Tirliberli!...

FIERVAL.

Oui, ce que vous autres gens de province vous appelez un cabriolet, je crois... Je viens de voir des femmes charmantes.

LE BARON, *le regardant.*

Des femmes!... Vous avez l'air de revenir de la chasse.

FIERVAL.

Justement. Un jeune homme comme il faut n'est jamais autrement habillé le matin.

LE BARON, *étonné.*

Le matin!.. A neuf heures du soir !

FIERVAL.

Nous appelons cela le matin , nous autres — : à dix heures, grande toilette... et la soirée commence.

GERVILLE , *riant.*

De cette façon, tu escamotes la journée.

FIERVAL.

Que veux-tu? on n'existe que le soir... Je vois que tu as besoin de mes leçons... mais j'espère faire quelque chose de toi... Pour ta femme... (*Il la lorgne.*) èlle est bien... fort bien... charmante toilette : elle m'aurait consulté, elle ne serait pas mieux, et cependant je m'y connais. (*La lorgnant encore.*) Un peu d'embarras.. timidité gracieuse... qui passera... Madame , dans un instant je suis tout à vous... Sans adieu , Gerville... je reviens.　　(*Il sort.*)

SCÈNE VI.

LES MÊMES, *excepté* FIERVAL.

Mme. DE GERVILLE.

Il est un peu singulier, votre ami Fierval.

GERVILLE.

Je conviens qu'il n'a pas grand esprit... mais il a beaucoup d'usage... Il est à la mode, et cela tient lieu de tout.

LE BARON.

Tu m'avoueras que cette mode de commencer la journée à cette heure-ci , est fort extraordinaire... Cela doit nécessaire-

ment reculer le souper; et si j'avais su cela, j'aurais plutôt
dîné deux fois qu'une.

SCENE VII.

LES MEMES, M. JOSEPH, UN BANQUIER ET DEUX
TAILLEURS DE JEU. (*Le Banquier est en habit noir,
grand jabot, gilet de cachemire. Les Tailleurs portent des
râteaux et des sacs d'argent.*

M. JOSEPH, *entrant.*

Par ici, Messieurs, dans le grand sallon vert.

LE BANQUIER, *traversant le théâtre.*

A-t-on tout préparé? Que l'on dresse les tables !

LE BARON, *vivement.*

Les tables !... Ah ! cependant voilà qui est de bon augure.
(*Regardant les tailleurs de jeu.*) Quels sont ces messieurs là?

GERVILLE.

Sans doute des personnes invitées comme nous. _
(*Ils font de grands saluts aux banquiers*).

LE BARON.

Que portent-ils donc?... des cornets... des bâtons et des
sacs d'argent.

LE BANQUIER, *à ses tailleurs..*

Allons, Messieurs, du zèle.... de la probité... Songez
qu'on vous observe... et surtout n'oubliez pas de crier à
propos : *Rien ne va plus.*

LE BARON.

Que diantre dit-il ?

LE BANQUIER.

Maniez les fonds avec dextérité ; faites table nette avec
promptitude : et lorsqu'on vous dira des injures, faites
semblant de ne pas entendre.

(*Il sort. Ses gens le suivent.*)

SCENE VIII.

**GERVILLE ; Madame DE GERVILLE, LE BARON,
M. JOSEPH.**

Mme. DE GERVILLE, *à Joseph.*

Pourriez - vous nous apprendre quelles sont ces personnes là ?

M. JOSEPH.

Ce sont des tailleurs.

GERVILLE, *étonné.*

Des tailleurs !

M. JOSEPH.

Certainement.

LE BARON.

Eh ! que viennent-ils faire à cette heure-ci ?

M. JOSEPH.

Ils viennent tenir la banque.

GERVILLE, *étonné.*

La banque !

LE BARON , *étonné.*

Des tailleurs tenir la banque... Et quelle banque ?

M. JOSEPH.

Sans doute ces messieurs veulent se moquer de moi ; et ils savent bien que maintenant il n'y pas de bal sans banque.

(*Il sort en levant les épaules.*)

SCENE IX.

LES MEMES, *excepté* JOSEPH.

LE BARON.

Diable m'emporte...si je comprends un mot...

Mme. DE GERVILLE.

Enfin, le bal va bientôt commencer ; voici les musiciens.

SCENE X.

LES MEMES, DEUX VIOLONS, *avec des habits étroits, des bas crottés. Ils sont suivis par un petit garçon portant un flageolet.*

LE PREMIER VIOLON, *traversant le théâtre, à ses camarades.*

Mes amis, faisons honneur à l'orchestre du petit Colin. Je vous préviens qu'il y aura beaucoup à travailler... Cela finira tard.

Mme. DE GERVILLE.

Ah ! tant mieux.

LE PREMIER VIOLON.

Heureusement que nous savons jouer en dormant, et dormir en jouant... Pour ne pas nous fatiguer, vous mettrez beaucoup d'intervalle entre les contredanses, et vous n'oublierez pas, à chaque pose, de demander à boire.

(Ils entrent dans la salle de bal.)

SCENE XI.

LES MEMES, *excepté* LES MUSICIENS.

Mme. DE GERVILLE.

L'orchestre est bien peu nombreux : deux violons et une petite flûte !

GERVILLE.

Oui, mais ils seront sans doute si bien d'accord, que.....

LE BARON.

Voilà ton ami Fierval.

SCENE XII.

LES MEMES, FIERVAL, *habit noir à l'anglaise, cravatte bien haute, sans nœud, chaussons de bal, bas noirs à jour, pantalon bleu large.*

GERVILLE.

Comment, mon ami ? est-ce que tu ne restes pas à la fête ? tu es encore en négligé.

FIERVAL.

FIERVAL.

Dis donc en grande toilette.

GERVILLE.

Comment... ainsi?

FIERVAL.

C'est le dernier goût, mon ami... Tu crois être bien avec ton pantalon noir, étroit et collant. ....

GERVILLE.

J'avoue que je l'ai mis avec une sorte de répugnance... Je trouvais cela un peu sans façon, au milieu de femmes sans doute très-parées..., mais le tailleur que tu m'as envoyé, m'a dit que c'était la mode.

FIERVAL.

La mode.... Il y a quinze jours peut-être... Depuis la dernière fête de miladi Gagnandish Milson... le pantalon bleu.... bien large... enfin comme celui-ci... C'est ainsi que se mettent les gens comme il faut... C'est élégant et commode.

LE BARON.

Commode.... pour ceux qui n'ont pas de mollets..... Cette mode-là n'a, certes, pas été inventée par un homme à jambe bien faite.

FIERVAL, *riant.*

Ah! ah! il est satirique ton bonhomme d'oncle!

LE BARON.

N'êtes-vous pas honteux, Messieurs, d'être vêtus comme vos palfreniers..... De mon temps, dans toutes les réunions, on portait la culotte courte de soie noire, le bas de soie blanc, la boucle d'or....

FIERVAL, *riant.*

La boucle d'or... Oh! quelle bonne tournure nous aurions! Dis donc, Gerville, en bas de soie blancs, comme les valets de chambre... Ah! ah!...

LE BARON.

Riez... riez... mais je soutiens que l'on était d'une manière plus convenable; et que les égards que l'on doit aux femmes, exigent....

FIERVAL.

Les femmes! elles ne sont plus exigeantes du tout.... De l'aimable négligence, de l'insouciance.... Une galanterie sans gêne.... Voilà ce qui leur plait....

LE BARON.

Tant pis pour vous, et tant pis pour elles... De mon temps nous avions le jarret tendu, et...

B

FIERVAL.

Il est vraiment plaisant ton oncle, avec son vieux temps...

Mme. DE GERVILLE.

Eh ! Messieurs, laissez-là le temps passé, et parlons du temps présent.

GERVILLE.

Tu te charges de nous présenter au maître de la maison ?

FIERVAL.

Que me dis-tu là ?

GERVILLE.

Que, ne connaissant pas M. de Germancy....

FIERVAL.

Et bien ! qui le connaît ici plus que toi ?.... Personne ne lui parle au maître de la maison, c'est l'usage... Je ne sais pas même s'il est au bal... Il se couche de bonne heure : c'est, je crois, un fort brave homme, mais je ne l'ai pas entrevu trois fois en ma vie.

GERVILLE, *étonné.*

Comment ! tu loges chez lui ?

FIERVAL.

Point du tout,... C'est sa femme qui me prête un pied à terre dans son hôtel. . Oh ! pour elle... c'est différent, c'est une personne des plus recommandables... De la coquetterie, de la legèreté, aimant le plaisir, jouant gros jeu, grande habitude du monde...

Mme. DE GERVILLE.

En ce cas, vous nous présenterez à Madame de Germancy.

FIERVAL.

Tout à fait inutile...Pourvu que vous lui fassiez un salut de la tête... Comme ça... (*Il contrefait les saluts d'aujourd'hui*). Qu'elle vous le rende, ou ne vous le rende pas... Je vous le répète... Tout à fait inutile...: Dansez, jouez, amusez-vous .. Allez vous coucher, et demain ou après, faites porter vos cartes par un valet, et tout sera terminé.

LE BARON.

Voilà de la politesse bien simplifiée ?

(*On entend la musique ; les portes du fond s'ouvrent et laissent apercevoir un riche salon bien éclairé... Il est rempli de personnes invitées à la fête.*)

SCENE XIII.

LES MEMES ; Personnes du bal *allant et venant d'un air triste, les mains derrière le dos, ou tenant leur chapeau.*

Mme. DE GERVILLE, *avec joie et impatience.*

Entendez vous la musique... Le bal est commencé... Si nous entrions ?

FIERVAL.

Un instant, Madame, attendez... On arrive... La foule commence, laissez-la augmenter.

GERVILLE, *regardant sur les côtés du théâtre.*

Mais, dans quelques momens, si cela continue, on ne pourra plus trouver de place.

FIERVAL.

Alors, nous faisons notre entrée... On tombe au milieu d'une contredanse que l'on dérange... Cela fait de l'effet, fixe l'attention, on dit : — Ah ! c'est Fierval ! — Avec qui est-il ? — Avec une jeune femme. — Elle est jolie, ma foi. — D'où arrive-t-elle ? — De ses terres. Elle vient à Paris pour aller aux bals, aux fêtes, en donner à son tour : — Oh ! il faut lui être présenté. — Enfin votre entrée sera bien.... Je m'y connais, et je sais ce qu'il faut pour faire de l'effet.

Mme. DE GERVILLE, *écoutant l'orchestre.*

Mais je voudrais cependant commencer à danser.

FIERVAL.

Puisque vous le voulez absolument, je suis à vos ordres. (*Lui faisant un salut de tête à prétention, en passant la main dans ses cheveux et mâchonnant ses paroles.*) M'faire l'honneur de danser la première avec moi...

Mme. DE GERVILLE, *saluant.*

Avec plaisir, Monsieur. (*Elle lui donne la main.*)

FIERVAL, *réfléchissant.*

La première... Ah ! j'oubliais... Et mes engagemens du dernier bal. La comtesse.... La marquise.... Une, deux, quatre... Si vous voulez bien permettre, ce sera pour la cinquième. (*Madame de Gerville témoigne de l'étonnement, du mécontentement, Fierval l'emmène*).

LE BARON.

Voilà une manière d'engager qui me semble un peu leste.

GERVILLE.

Les suivons-nous ?

LE BARON.

Oh ! ma foi, de ce côté là, il y a trop de monde... C'est à se faire étouffer... Je vais chercher à faire ma petite partie, et me promener du côté de la salle à manger, pour voir ce qui s'y passe   (*Il sort par les côtés.*)

SCÈNE XIV.

GERVILLE, *d'abord seul*, puis PLUSIEURS HOMMES *invités à la fête, se promenant gravement sans dire un mot.*

GERVILLE.

Cet excellent baron... Il n'est pas trop fait pour le grand monde... Mais il est si bon... Ah ! voici plusieurs convives.... Allons, Gerville, rappelle tout ton esprit... Voilà le moment de montrer que tu es digne de figurer au milieu de la meilleure compagnie de Paris... C'est singulier, ces messieurs ne se disent rien... Il est possible qu'ils ne se connaissent pas ?... Ils attendent peut-être que l'un d'entre nous commence la conversation. — En voici un qui a l'air d'un galant homme. — Voyons... D'abord, une phrase bannale pour entrer en matière, (*Il salue un gros Monsieur qui le lui rend à peine.*) Il faut avouer, Monsieur, que Paris est un séjour enchanteur, et que c'est le véritable asile et de l'esprit et du bon ton !

LE MONSIEUR.

Vas sagen sie, mein her ?

GERVILLE.

Pardon, Monsieur, mais je n'ai pas entendu.

LE MONSIEUR.

Can ich fersthen.

GERVILLE, *cherchant à comprendre.*

Fersthen.. Comment dites-vous ? Fersthen ?..

LE MONSIEUR, *criant.*

Can ich fersthen,

G ERVILLE.

Ah ! c'est qu'il n'est pas Français... J'étais bien tombé....
Mille pardons, Monsieur. (*A lui-même*). J'aurais bien dû
voir que c'était un Allemand. Voici un jeune homme qui me
salue (*Un jeune russe en habit bien serré lui fait de grandes
salutations à la russe.*)

GERVILLE, *étonné.*

Comme il arrondit ses bras... C'est sans doute l'usage à
Paris... Faisons comme lui... (*Ils se saluent tous deux en ar-
rondissant les bras*). Monsieur , enchanté d'avoir l'honneur...

LE RUSSE.

Niema glebonich pópoiosko ruskoff.

GERVILLE, *n'en revenant pas.*

Popoiosko ?...

LE RUSSE.

Ruscoff.

GERVILLE.

Quel singulier jargon ! Encore un étranger ! Eh ! oui ,
c'est un Russe... Pas moyen d'engager une conversation....
Voyons par ici (*Il s'adresse à un Anglais*). Monsieur...

L'ANGLAIS.

Goddem ! moi , je n'être pas un monsieur , je hêtre un
milord considérable beaucoup fort.

GERVILLE.

Eh ! mon Dieu ! c'est ici la tour de Babel , la confusion
des langues !

L'ANGLAIS , *en colère.*

La langue , il ne me confuse nullement... Je n'écorche
pas du tout le Français, moi !

GERVILLE , *à part.*

Cela lui plaît à dire.... Voilà ce qui s'appelle avoir du mal-
heur ! être dans la meilleure société de Paris , et n'y pas
trouver un seul Français ! .

SCENE XV.

GERVILLE , UN JOUEUR *sortant du salon où sont entrés les banquiers.*

LE JOUEUR , *entrant.*

Morbleu !

GERVILLE , *vivement.*

Enfin en voici un ! Il paraît un peu fâché , mais au moins nous pourrons nous entendre. (*S'approchant du joueur*). Pardonnez mon indiscrétion, Monsieur , mais ayant l'honneur d'être votre compatriote , je vous prierais de vouloir bien m'expliquer.

LE JOUEUR , *brusquement.*

Parbleu , Monsieur , vous prenez bien votre temps pour me demander des explications.

GERVILLE , *étonné et fâché.*

Me trouvant dans la même société que vous, j'ai cru pouvoir prendre cette liberté ! Et la politesse française...

LE JOUEUR.

Il s'agit bien de politesse, quand d'un coup de dez , je viens de perdre six mille écus.

GERVILLE , *étonné.*

Comment , Monsieur ! vous avec perdu une somme aussi considerable ?

LE JOUEUR.

Ajoutez à cela huit mille francs que j'ai laissés hier à l'hôtel de Madame de Cerny , et jugez si je puis suffire à de semblab es dépenses, , avec dix mille livres de rente.

GERVILLE.

Dans le fait , ce serait difficile... Mais je suis étonné que dans une maison aussi recommandable...

LE JOUEUR , *furieux.*

Dites aussi infernale ! Je voudrais que le tonnerre l'écrasât, elle et tout ceux qu'elle renferme !

GERVILLE , *souriant.*

Bien obligé du souhait , pour ma part.

LE JOUEUR.

Adieu, Monsieur , je vais écrire à mon homme d'affaires,

qu'il vende mes capitaux pour prendre ma revanche. (*Il lui secoue le bras et sort.*)

GERVILLE.

Prenez donc garde , vous me cassez le bras ; il me l'a se-coué d'une force. (*Seul*). Je commence à croire que la conversation n'est point montée à Paris sur ce ton d'urbanité et de cordialité que j'espérais y trouver.

S C E N E X V I.

GERVILLÉ , LE BARON.

LE BARON , *s'essuyant le front.*

Ouf ! Ce n'est pas sans peine que l'on sort de cette salle. Te voilà encore ici toi ?

GERVILLE.

Mais vous , mon oncle , d'où venez-vous donc ?

LE BARON.

Du salon de jeu... Quelle cohue !... Je regarde... Pas le moindre reversis... J'interroge, on me rit au nez... C'est le creps , me dit-on , qui maintenant est à la mode... Jeu admirable , des combinaisons sublimes, qui d'un coup de dez font votre fortune , ou vous envoyent à l'hôpital... Tu sens bien que je n'ai pas été m'y frotter... Enfin, j'aperçois dans un coin une table d'écarté , mais tant de monde autour, qu'il m'est impossible d'en approcher : en un mot n'a pas qui veut ici , même le bonheur de perdre son argent ; et qui pis est , j'ai eu beau regarder , beau chercher , nulle apparence , nul préparatif de souper !

GERVILLE.

Je ne me suis pas amusé plus que vous.

LE BARON.

Comment n'as tu trouvé personne à qui parler ?

GERVILLE.

Je n'ai entendu que des no.... yes.... ya.... ferston.... po-poiosko.... Je n'ai rencontré qu'un Français , et il m'a presque dit des injures.

LE BARON.

Je n'ai pas été plus heureux que toi.... Je m'approche d'un

groupe. Un de ceux qui le formaient me prenant probablement à ma rondeur pour un financier, s'adresse à moi : « Croyez-vous que la hausse se soutienne ' — La hausse des grains? Non, ils sont baissés. — Il est bien question de grains. c'est de la rente. La rente ! depuis un mois, 2 fr. 5o de différence, les reports.... faite à un bon prix.... fin prochain.... — Ma foi, Messieurs, tant pis ; mais je n'entends rien à ce galimathias.—Je vais d'un autre côté....C'était bien autre chose, on se disputait sur la politique.... Chacun répondait sans avoir écouté.... soutenait son avis, sans vouloir se laisser convaincre, et je les ai tous quittés, indigné de voir l'amour-propre à la place de l'amour du bien public !

GERVILLE.

Vous conviendrez cependant qu'il y a quelques ressources avec des personnes qui traitent la politique.... On peut s'éclairer mutuellement.... Allons, je commence à espérer.... et je vais dans cette salle faire aussi mes petites observations.

(Il sort.)

SCENE XVII.

LE BARON, puis M. JOSEPH ET DES GENS DU BAL.

LE BARON, regardant autour de lui.

Tout cela est superbe sans doute... mais décidément il n'y a pas de belle fête sans un bon repas. Je meurs de faim.

(Joseph entre portant un plateau sur lequel sont deux ou trois verres de punch, quelques verres d'orgeat, et des petits gâteaux. Il est suivi par une foule de jeunes gens qui courent après lui sur la pointe du pied, et tendant le bras droit vers le plateau, pour attraper quelque chose. Joseph se retourne vivement chaque fois qu'on est près de saisir un verre, de façon que personne n'a rien).

JOSEPH.

Messieurs, prenez donc garde, vous allez tout renverser.

LE BARON.

Eh ! je crois que l'on apporte... Hélas ! ce sont des gâteaux feuilletés!... N'importe, cela trompera mon appétit... Je vais boire un verre de punch. (*Il tend la main vers le plateau; il est près de prendre un verre. Joseph fait volte-face, et disparaît en disant*).:

Diantre! comme ils y vont! Il faut cependant qu'il en reste pour l'office.   (*Il sort. Les jeunes gens le suivent*).

LE BARON, *restant le bras tendu, les mains vides, et la bouche ouverte.*

Eh bien! il s'en va..... J'étais au moment d'attraper un malheureux verre d'orgeat. ... pst! il disparaît comme un éclair... Oh! ma foi, je n'y tiens plus.

SCENE XVIII.

LE BARON, madame **DE GERVILLE**; *toute sa toilette est en désordre, ses garnitures sont applaties, ses rubans dénoués, ses cheveux défrisés.*

LE BARON.
Comme te voilà faite!. . Quel air fatigué!.... Tu as donc toujours dansé?... Je suis sûr que tu n'as pas quitté la place.

Mme. DE GERVILLE.

Dites que je n'ai pu en avoir une... Croiriez-vous que je n'ai pas dansé une seule contredanse?

LE BARON.

Mais qu'es-tu donc devenue tout ce temps?

Mme. DE GERVILLE.

Arrivée à l'entrée de la salle de bal, avec ce monsieur de Fierval, j'ai cru que j'étoufferais...Pressée par celui-ci, poussée par celui-là, ma garniture était froissée par les pieds de mon voisin de droite, mon bouquet dérangé par mon voisin de gauche.... Un autre accrochait ma coëffure avec son chapeau, qu'il élevait au-dessus de ma tête... La foule me porte dans la salle, au milieu d'un groupe de femmes qui restaient debout comme moi. Là, ce monsieur de Fierval me dit : «Madame, » attendez un moment, je reviens ». Il me laissa là. Je cher-.che à revenir sur mes pas; un mouvement de la foule m'a-vait porté au bout de la salle, et un autre me ramène à la sortie, et me voilà mourante de chaleur, de soif et d'ennui.

LE BARON.

Mais, tu es couverte de poussière.

Mme. DE GERVILLE.

Je crois bien, on dansait sur des tapis.

LE BARON, *riant.*

Ceci est nouveau.... Pour qu'on s'enlève plus facilement, sans doute ; mais les danseurs et les danseuses avaient-ils l'air joyeux, au moins?

Mme. DE GERVILLE.

Ils songeaient à se donner le moins de coups de pieds possible. — Mais mon mari, où est il? peut être fait-il l'aimable auprès de quelque femme? Je parie qu'il s'est amusé, lui?

LE BARON, *riant.*

S'il s'est amusé...... Oh! je t'en réponds, presque autant que moi.

SCENE XIX.

LES MEMES, FIERVAL, *tenant d'une main un verre de punch, et de l'autre un gâteau.*

FIERVAL, *à Madame de Gerville.*

Ah! enfin, mon aimable partner...... je vous retrouve..... vous avez bien fait de revenir ici, à cause de la chaleur. — Peut-être auriez vous besoin de vous rafraîchir?

(*Il boit son verre de punch*).

LE BARON.

Pardieu! comment avez-vous été assez heureux pour obtenir un verre de punch?

FIERVAL.

Dites assez adroit. C'est de l'adresse, mon cher, qu'il faut en tout. (*Il mange le gâteau*). Croyez-vous que ce soit sans peine que je l'aie enlevé? mais j'ai de l'habitude... une grande habitude.... Je vois le plateau venir de loin ; je le suis avec persévérance.... je me fais faire place, en criant : « Pardon, » Messieurs, c'est pour une dame!.. c'est pour une dame! » Je saisis le moment où le domestique ne regarde pas, par..

que ces drôles, qui ont leur consigne, ont une dextérité....
Ils offrent d'une main, et retirent de l'autre, avec une promptitude de mouvement.... Plus leste qu'eux, je m'empare du
verre, et je le bois, bien fier de la victoire..... Elle est com-
plète quand on a pu joindre un gâteau!

(*Il achève le sien*).

LE BARON.

C'est une joûte au plus agile.. Je vois bien qu'il m'y faut
renoncer.

FIERVAL.

Eh! voici la marquise d'Ercourt, femme charmante,
que l'on rencontre partout, et qui donne le ton à tout Paris.

SCENE XX.

LES MEMES, LA MARQUISE.

FIERYAL.

Eh! Madame, arrivez donc; venez respirer un moment
auprès de nous.

LA MARQUISE.

C'est vous, Chevalier. (*A demi-voix.*) Quelle est cette
jeune femme? ça n'est pas de la société?

FIERVAL, *à demi-voix.*

Non; c'est une provinciale.... Nouvellement mariée, in-
génue, modeste..... Vous devriez la former, je vous la re-
commande. (*Haut.*) J'ai l'honneur, Madame, de vous présenter Madame de Gerville et M. le baron de Verneuil, personnes de mérite très-considérées dans leur province, et
cætera, et cætera....

LA MARQUISE, *à voix basse.*

Comme ils ont l'air commun.

FIERVAL, *à voix basse.*

Ils sont fort riches.

LA MARQUISE, *avec empressement, à Madame de
Gerville.*

Riches !.... enchantée de faire votre connaissance...

LE BARON.

Madame, votre famille ne m'est pas inconnue ; dans la
légion de notre département, nous avons un jeune homme
portant le nom de d'Ercourt... Sans doute c'est votre parent...

LA MARQUISE, *d'un air gracieux.*

Mais cela se pourrait... N'est il pas colonel ?

LE BARON.

Non, il n'est que sous-lieutenant.

LA MARQUISE, *d'un air dédaigneux.*

Sous-lieutenant ! ce n'est pas la même branche. (*A Ma-*
dame de Gerville.) Mais, Madame, vous avez l'air triste....
Qu'avez-vous donc ?

Mme. DE GERVILLE.

Vous êtes bien bonne de vous occuper de moi. J'avoue
que je regrette de n'avoir pas dansé de toute la soirée.

LA MARQUISE, *riant.*

Comment, est-ce que vous venez au bal pour danser ?

LE BARON.

Eh ! pourquoi donc y viendrait-elle ?

LA MARQUISE.

Si vous aimez ce qu'on appelle la contredanse, retournez
dans votre province, où je gage que depuis sept heures jus-
qu'à minuit, vous sautez imperturbablement chez M. le Pré-
fet.... Mais ici.... ça ne se fait plus, c'est du dernier bour-
geois... Nous ne donnons plus que des réunions à l'anglaise ..
des *routs* ! Pour que ce soit magnifique, et que l'on en parle
le lendemain, il faut que l'on puisse à peine entrer, et surtout
qu'on ne puisse pas s'asseoir.... En Angleterre, il arrive
presque toujours des accidens.... des voitures renversées,
des bras foulés, quelquefois même des jambes cassées...
Nous ne sommes pas encore à ce degré de perfection ; mais
nous y marchons rapidement. On sort de ces charmantes
réunions avec des robes déchirées, quelques légères contu-
sions... On n'a pas dansé, pas parlé à ses amis ; mais on est
content de pouvoir dire : « Vous n'étiez pas chez Madame
une telle ? C'était d'un brillant !.... Il y avait une foule ! un
monde !.... Tout Paris ! » Voilà ce que c'est qu'un *rout* !

LE BARON.

C'est très-joli, sans doute ; mais enfin, dès qu'ici on fait
tout à l'anglaise, l'on aurait dû prendre la mode de faire
circuler des *bifftecks.*

FIERVAL.

Soyez tranquille, on soupera.

LE BARON.

Eh! quand donc?

LA MARQUISE.

Au jour.

FIERVAL.

Oui, quand tout le monde sera parti.

LE BARON.

Ma foi, ce n'est pas la peine. (*Regardant la Marquise qui cause avec Madame de Gerville.*) Elle est jolie cette femme-là! Mais qu'a-t-elle donc? Elle paraît fatiguée.

FIERVAL, *à demi-voix, au Baron.*

Parbleu! on le serait à moins. Elle en est à sa vingtième fête, et par suite à sa vingtième nuit. Si le temps des bals dure encore huit jours, c'est une femme perdue. Ah! vous voulez de la fraîcheur, des yeux brillans aux femmes comme il faut.... Avec cette vie-là, Baron, vous êtes trop exigeant, Ah! par exemple, si ça peut vous faire plaisir, elle a une fille fraîche comme une rose.

LE BARON.

Elle danse, sans doute?

FIERVAL, *riant à voix basse.*

Ah! vous êtes bien de votre Vendômois!... Elle est en pension, sa fille.... Toutes les filles sont en pension... Ce sont les mères qui font l'ornement des bals.

LE BARON.

C'est différent... Vous m'apprenez des choses extraordinaires.

SCENE XXI.

LES MEMES, GERVILLE, *en désordre, sortant du salon de jeu.*

GERVILLE, *à sa femme, d'une voix altérée.*

Ah! vous voici, Amélie.... Partons, mon amie.... Je ne reste pas un instant de plus dans cette maison... Retournons à Vendôme.

Mme. DE GERVILLE, *avec inquiétude.*

Mon ami, qu'est-il donc arrivé?

FIERVAL.

A qui diantre en a-t-il ?

LE BARON.

Parle donc.

GERVILLE.

Mon portefeuille, vous le savez, était assez bien garni. Je le destinais à tes plaisirs. (*Regardant sa femme.*) Eh bien ! il est vide ! Tout est perdu !

LE BARON.

Comment ? toi, qui ne joue jamais....

GERVILLE.

Je n'ai pas joué.

LE BARON.

Explique-toi.

GERVILLE.

J'ai passé dans ce salon que vous m'aviez indiqué.... Un tapis vert fixait tous les yeux, captivait toute l'attention..... Vainement je hasarde quelques questions. Un oui, un non... arrachés avec peine, est tout ce que j'obtiens.... Enfin, un jeune homme, de la figure la plus douce, de l'air le plus prévenant, me répond avec une amabilité vraiment séduisante..... Tout en causant et en moralisant sur les dangers du jeu, il me demande si je veux être de moitié dans le sien... A une offre faite d'un ton si poli, je n'ai pas cru que l'honnêteté me permît de refuser.....

LA MARQUISE, *à Fierval.*

Ah ! je vois où va le mener la politesse.

GERVILLE.

Il jette un billet, en ramasse deux... en jette un autre, puis encore un ; enfin, au bout d'un quart d'heure, il m'apprend qu'il a perdu cinq cents louis, et que j'y suis pour moitié..... C'est d'autant plus malheureux, dit-il, que d'ordinaire je gagne toujours.

LE BARON.

Voilà qui est consolant pour toi.

GERVILLE.

Je donne mon argent, je reviens chercher ma femme et

m'excuser auprès de vous, mon oncle, de vous avoir dérangé de votre château pour un pareil voyage.

LE BARON.

C'est une leçon pour vous, mes enfans.... Mais je suis
bon, riche, et je veûx bien la payer.... Vîte, allons commander des chevaux de poste, et donnons-leur rendez-
vous chez le plus prochain restaurateur.

FIERVAL.

Un restaurateur! Godeau! c'est votre chemin! la route de
Versailles.

LA MARQUISE.

Eh! bon Dieu! quel tapage !... Tout le monde sort.... Les
violons cessent de jouer.... Qu'arrive-t-il donc ?

SCENE XXII ET DERNIÈRE.

TOUS LES PERSONNAGES *de la Pièce arrivant sur le
théâtre en tumulte, les uns prenant leurs redingotes, leurs
pelisses, appelant leur domestique :* « Demandez la voiture
de la marquise Dormeuil ! le cabriolet du chevalier de
Verly ! etc. (*Le Baron paraît chercher son garrick qui a disparu.*

Mme. DE GERVILLE,

Dépêchons-nous de partir.... Nous allons être étouffés.

LE BARON, *à un domestique.*

Faites-moi le plaisir de faire avancer le carrosse de Madame
de Gerville, et de me trouver un garrick ?

M. JOSEPH.

Moi, Monsieur.... Je ne fais rien ici.... Je quitte le service
de cette maison...

TOUS LES DOMESTIQUES.

Nous aussi.

LE BARON.

En voici bien d'une autre.

FIERVAL.

Comment donc ? Expliquez-vous ?

Mlle. HONORINE.

- M. le chevalier, devons-nous être utiles *gratis* ? Madame se trouve mal.... Ma foi ! qu'elle reprenne connaissance si elle veut.... C'est une horreur ! Perdre tout dans une soirée ; argent, bijoux.....

LA MARQUISE.

Que dites-vous ?

Mlle. HONORINE.

Je dis que Madame a perdu cent mille écus ce soir. La banque a sauté une fois, deux fois (1).... Madame la soutenait... Elle a engagé diamans, argenterie ; il ne lui reste plus rien, pas même de quoi payer nos gages !

TOUS A LA FOIS.

Ah ! mon Dieu !

JOSEPH , *à demi-voix*.

. Où en serions-nous avec de tels maîtres , si l'on n'avait pas un peu de prévoyance.

LE CHEF D'ORCHESTRE.

. Ah ! ça, qui paiera les violons ?

Mme. DE GERVILLE.

Ah ! par exemple, ce ne sera pas moi. .

LE BARON.

Ni moi.

FIERVAL.

Ni moi.

LA MARQUISE.

Ni moi.

GERVILLE.

Pour moi, j'en ai payé ma part.... Retournons dans notre province ; au milieu de nos modestes réunions, n'envions plus ces fêtes brillantes : elles sont trop dangereuses pour les familles ! On peut empêcher des jeunes gens honnêtes d'aller

―――――――――――――――――

(1) Historique.

dans

dans les jeux publics.... La honte les retient... Mais comment les garantir d'un danger qu'on recontre dans ce qu'on appelle la bonne compagnie !

LE BARON.

Ah! te voilà bien avec tes grandes phrases.... Réflexion faite, vous m'avez fait venir ici, je ne veux pas que ce soit pour rien. Paris est grand ; et toutes les fêtes n'y doivent pas ressembler à celle-ci... Attendons encore quelques jours, cherchons des sociétés moins brillantes, et nous en trouverons sans doute où l'on ne joue pas, où l'on cause, où l'on danse, où l'on boit et où l'on mange !

FIERVAL.

Je suis un peu étourdi de tout ceci, moi. Cependant, convenez, Marquise, que c'était un bal charmant.

LA MARQUISE.

Divin.... délicieux.

RONDE FINALE.

AIR *du Vaudeville en Vendanges.*

LE BARON.

Amis , ayons désormais
Le bon vieux ton de nos pères ,
Fuyons les mœurs étrangères.
A Paris , soyons Français !

CHŒUR.

Amis, ayons, etc.

(*Entre chacun des couplets suivans, le chœur reprend le refrain.*)

(PREMIER COUPLET.)

LE RUSSE , *au Baron.*

Popoiousko rous rostromme....

C

LE BAL A LA MODE,

L'ALLEMAND, *au Baron.*

Ich bin ein teütchman.....

L'ANGLAIS, *idem.*

Moi, je hêtre un galant homme....

LE BARON, *impatienté.*

Appelez un truchement !....

Amis, etc.

(DEUXIÈME COUPLET.)

GERVILLE.

Bien que les modes anglaises
A Paris aient du succès,
J'aime les fêtes françaises
Où l'on peut parler... français !

(TROISIÈME COUPLET.)

Mme. **GERVILLE.**

A la bonne compagnie,
Je vois qu'il faut renoncer ;
Car au bal j'ai la manie
D'aimer beaucoup..... à danser.

(QUATRIÈME COUPLET.)

LE BANQUIER DE JEUX.

Aux vœux des joueurs docile,
Je ne leur refuse rien,
Si je vais tailler.... en ville,
C'est par amour pour leur.... bien.

(CINQUIEME COUPLET.)

LAURENT, *mêlant un jeu de cartes.*

Un proverbe qui m'accuse,
Dit : *Joueur comme un laquais !*
Mais un autre qui m'excuse,
Dit : *Tels maîtres, tels valets !*

A PROPOS EPISODIQUE.

(SIXIÈME COUPLET.)

Mlle. HONORINE.

Suivantes des grandes dames,
Nous formons, en général,
Notre cœur.... aux mélodrames,
Notre esprit.... dans le journal.

(SEPTIÈME COUPLET.)

FIERVAL , *à Honorine.*

J'ai long-temps chez ta maîtresse
Fait les honneurs des salons ;

(*Avec sentiment*) :
Je gémis de sa détresse.
Elle n'a plus rien ! — Partons.

(HUITIÈME COUPLET.)

M. JOSEPH.

Grâce au zèle économique
De quelques valets adroits ,
Dans plus d'un bal magnifique ,
Un seul souper sert.... deux fois !

(NEUVIÈME COUPLET.)

LE BARON.

De ces goûts que je déplore ,
La mode enfin passera ;
Nous vous reverrons encore ,
Soupers... où l'on soupera !

(DIXIÈME COUPLET.)

LA MARQUISE.

Autour d'une table ronde ,
Si l'on voit nos jeunes gens,
C'est qu'on perd.... dans le grand monde
Le goût des jeux..,. innocens.

LE BAL A LA MODE,

(ONZIÈME COUPLET.)

Mme. GERVILLE, *au Public.*

Puisse un censeur incommode
Ne point dire, en enrageant,
Qu'à notre *Bal à la mode*,
On vient..... perdre son argent !

CHOEUR.

Amis, ayons désormais
Le bon vieux ton de nos pères ;
Fuyons les mœurs étrangères :
A Paris, soyons Français !

FIN.

Imprimerie PORTHMANN, rue Ste.-Anne, N°. 43.

227